Coordinador da colección:
Ignacio Chao

Dirección de arte:
Departamento de Imaxe e Deseño, GELV

Deseño da colección:
Manuel Estrada

O 0,7% da venda deste libro destínase ao proxecto «Mejora de la Calidad y oferta educativa del ciclo diversificado del Instituto Tecnológico Quiché de Chichicastenango (Guatemala)», que xestiona a ONG Solidaridad, Educación, Desarrollo (SED).

1ª edición, 2ª impresión, marzo 2010

Severino Cobas, 142
36214 Vigo (Pontevedra)
www.tambre.net

ISBN: 978-84-92404-05-6
Depósito legal: Z. 409-10

Obradoiros Gráficos Edelvives (50012 Zaragoza)
Certificados ISO 9001
Printed in Spain

FICHA PARA BIBLIOTECAS

UHÍA, Manuel (1944-)
O autobús da selva / Manuel Uhía. – 1ª ed., 2ª reimp. – Vigo : Tambre, 2010
39 p. : il. col. ; 20 cm. – (Ala Delta. Serie vermella ; 16)
ISBN 978-84-92404-05-6
1. Animais. 2. Solidariedade. 3. Transportes. 4. Humor. I. Título. II. Serie.
087.5:821.134.4-3"19"

TAMBRE

ALA DELTA

O autobús da selva

Manuel Uhía

Para Iria

A tartaruga Pepa nunca tiña présa. Ela sempre acababa chegando a onde desexaba. Unha tarde afastárase máis do normal na procura de coles vizosas.

Logo de engulir unha morea de follas, Pepa decidiu regresar. Pero, cando percorrera uns vinte metros —vinte metros para unha tartaruga mediana é coma un quilómetro para calquera neno—, Pepa atopouse cun ratiño mancado que xacía estomballado ao pé dunha nogueira.

—¡Ai, que maliño estou! —laiábase o coitadiño do rato.

—¿Que che pasou?

—Caín da nogueira á que subira para rillar unhas noces.

—¿E que podo facer por ti? —ofreceuse a tartaruga—, pois eu non sei de sandar feridas.

—Se me levases enriba do teu cacho ata a miña casa… —insinuou o ratiño.

—Pois non se me ocorrera —decatouse Pepa.

Con moito traballo, a tartaruga comezou a camiñar co rato ao lombo.

—E postos a pedir, ¿non poderías bulir un pouco? —atreveuse a esixir o rato.

—¡Ai, que impaciente es! Pero como vas mancado procurarei apurar o paso. E así foron os dous atravesando a fraga. Pero a escena chamou a atención

dos demais habitantes da selva, que criticaban polo baixiño:

—¡Mira ti que ben vai o lacazán do rato!

—¡É un abusón! —dicían outros.

—Pois a min paréceme un bo transporte —engadiu un porco espiño envexoso.

Por máis que a tartaruga bulise, o rato protestou pola tardanza en chegar á casa.

—Pois eu aseguraría que o fixemos nun tempo récord —queixouse Pepa.

Ao día seguinte, na selva non se falaba doutra cousa que da «tartaruga autobús». Uns opinaban que o de teren un autobús na fraga estaría moi ben, e todos quedaron de acordo

en que Pepa fixese de transporte. O que máis e o que menos tiña curiosidade por probar que tal se iría enriba da cuncha de Pepa.

—¡Ai, non, iso si que non! —contestoulle Pepa a un coello, que foi o primeiro que quixo empoleirárselle no lombo.

—Pois onte levaches un rato.

—¡Porque estaba mancado!

—¡Só un anaquiño! —suplicou o coello.

—Ben, pero só un chisco —resignouse a boa de Pepa.

A pobre tartaruga nunca debeu consentir tal cousa, pois axiña estaban arredor dela unha galiña, un can e o porco espiño.

—¡Ei, ti, coello! ¡Baixa de aí, que agora nos toca a nós! —berrou o porco espiño.

—¡Tócame a min, que o vin primeiro! —protestou o can.

A partir daquel mal día, de bo ou mal grado, a sufrida tartaruga tivo que facer de autobús e soportar enriba do seu cacho un can, logo unha galiña,

a continuación un león,
máis tarde unha marmota,
logo un xabaril, unha xirafa...

Pepa xa se acostumara,
mellor dito, xa se resignara a cargar
con todo bicho e xa non protestaba,
¡total, non lle facían caso!

A cousa chegou a poñerse moi fea
cando un día lle protestou
o hipopótamo dicindo que a el
nunca o levara.

—¿Pero como vou cargar contigo,
se pesas catro toneladas?

—A túa cuncha é moi forte
e pode comigo —dixo o paquidermo
ao tempo que chantaba as súas
enormes poutas no cacho de Pepa.

Pepa meteu as patas e a cabeza
dentro da cuncha, por se acaso, e
aguantou con semellante peso enriba
sen moverse un centímetro,
pero o hipopótamo exclamaba feliz
aos catro ventos que el tamén
fora no autobús da selva.

Aínda ben non baixara
o hipopótamo do cacho da tartaruga
cando apareceu a elefanta
máis corpulenta da selva:

—¡Caramba! ¿Que ven
os meus ollos? Se podes aguantar
o peso do hipopótamo,
tamén me podes levar a min.

Pepa, que xa estaba farta, ¡que digo!,
fartísima de tantos abusóns e abusonas,
díxolle á elefanta que por hoxe
xa non había máis servizo de autobús.

—¿Entón mañá a que hora
comezas o transporte?
—quixo saber a elefanta.

—Pois mañá… —dubidou Pepa—
mañá, ás dez.

—Aquí estarei coma un reloxo
—dixo, conforme, a elefanta antes de
dar media volta para irse, esmagando
todo canto se lle poñía por diante.
Pepa ficou moi preocupada
á porta da súa casa.

Pensaba na cruz que lle caera enriba, e unha bágoa esvaroulle dun ollo.

—¿Que che pasa que te vexo tan triste? —preguntoulle o rato mancado.

—¿Que me pasa? ¡Que cara tes! Pola túa culpa convertéronme no autobús de toda a fraga.

—¡Pero, muller, non te poñas así! Total a ti que máis che ten levar algún animaliño de cando en vez no teu lombo.

—¡Un animaliño! ¿Chámaslle animaliño a esa montaña de elefanta?

—Iso non pode ser, non hai quen poida cunha elefanta enriba.

—Pois agora entendes por que estou tan amoucada. Mañá teño aquí a esa mastodonte reclamando unha viaxe no autobús, que son eu.

—¡Xa o teño! —exclamou o rato, alborozado—. Non te preocupes máis. Mañá dislle á elefanta que o traxecto do autobús comeza á beira do estanque. Do demais encárgome eu.

—Pero ti, ¡que máis quixeras! De todos os xeitos agradézoche o interese.

—¡Prométoche que iso o arranxo eu decontado!

Meu dito meu feito. A elefanta apareceu puntual e nin sequera lle pareceu mal o cambio no itinerario. Só se estrañou un pouco.

—¿E por que á beira do estanque?

—Éche un lugar coma outro calquera —deu por toda resposta a tartaruga.

Así que a elefanta puxo a primeira pouta sobre a tartaruga, esta case desapareceu afundida na lama; pero o paquidermo non desistiu e facía espaventos para pousar a outra pouta traseira.

De súpeto apareceu o rato
por detrás dunha matogueira,
chiando coma un condenado.
A elefanta levou tal susto
que non foi quen de escapar
do roedor e precipitouse
ao estanque coma unha balea
cando salta por riba das ondas.

O rato, todo mollado pola salpicadura e contendo a risa polo aspecto ridículo da elefanta, advertiulle decontado:

—¡Acabouse o autobús para todos, incluído eu! —matizou—. E tesme que prometer que nunca máis molestarás á tartaruga.

—Pero eu só quería facer coma todo o mundo: probar como se vai no autobús. Nunca subín a ningún…

—Nada de lerias, prométeme que non molestarás a Pepa. Do contrario, non penso saír desta beira.

—¡Ai, iso non! ¡Non me fagas iso! ¡Os ratos dádesme moito arrepío!

—¿Prometido?

—Prometido, pero é unha pena, xa estabamos afeitos… —queixouse a elefanta.

—¡Vaia, muller! Pois xa que che dá tanta pena quedarmos sen autobús, ¿por que non te encargas ti diso? ¡Quen mellor ca ti!

¡Poderías levarnos
a todos dunha tacada,
coma nos autobuses de verdade!
A elefanta, logo de pensalo
unha miga, contestou:
—Vale, pero coa condición
de que nin ti nin ningún outro rato
se me empoleire no lombo.

¡Dádesme tal noxo que,
só de pensalo,
xa me pica todo o corpo!
Pronto se correu a voz de que
a elefanta sería o autobús da fraga.
Os animais reuníronse para establecer
o itinerario e para ver
quen irían de primeiros.

Á mañá da inauguración, a selva relucía con grilandas de lianas e restras de flores. Robustiana, que así se chamaba a elefanta, xa estaba colocada á beira dun pequeno cavorco para facilitar o acceso aos primeiros viaxeiros. Ao porco espiño ocorréraselle montar no lombo de Robustiana algo así coma un canastro cadrado e baixiño para que ninguén esvarase. Na primeira quenda de viaxeiros estaban o porco espiño, un can, un porco, unha píntega, unha leoa, unha avestruz, un coello e a tartaruga Pepa.

Robustiana comezou o seu traxecto
con paso zoupón e parsimonioso,
mentres todo o persoal da selva
aplaudía calorosamente.
¡Ah! Xa me esquecía
de algo moi importante:
no autobús da selva
tamén ía un animaliño
que quería pasar
totalmente inadvertido.
¿Saberías dar con el?